U0127132

錯綜諸兵家之說而持論近正

淮南鴻烈解卷十五

兵畧訓

古之用兵者非利土壤之廣而貪金玉之畧將以存亡繼絶平天下之亂而除萬民之害也凡有血氣之蟲含牙帶角前爪後距有角者觸有齒者噬有毒者螫有蹏者趹喜而相戲怒而相害天之性也人有衣食之情而物弗能足也故羣居雜處分不均求不贍則爭爭則强脅弱而勇侵怯人無筋骨之强爪牙之利故割革而爲甲爍鐵而爲刃貪昧饕餮之人殘賊

此見兵之所由動

論兵以不得已而動

天下萬人搔動莫寧其所有聖人勃然而起乃討强暴平亂世夷險除穢以濁爲清以危爲寧故不得不中絶兵之所由來者遠矣黄帝嘗與炎帝戰矣顓頊嘗與共工爭矣故黄帝戰於涿鹿之野堯戰於丹水之浦舜伐有苗啟攻有扈自五帝而弗能偃也又况衰世乎夫兵者所以禁暴討亂也炎帝爲火災故黄帝擒之共工爲水害故顓頊誅之教之以道導之以德而不聽則臨之以威武臨之威武而不從則制之以兵革故聖人之用兵也若櫛髮耨苗所去者少而

兵之不得已如此

所利者多殺無罪之民而養無義之君害莫大焉殫天下之財而贍一人之欲禍莫深焉使夏桀殷紂有害於民而立被其患不至於爲炮烙晋厲宋康行一不義而身死國亡不至於侵奪爲暴此四君者皆有小過而莫之討也故至於攘天下害百姓肆一人之邪而長海內之禍此大論之所不取也所爲立君者以禁暴討亂也今乘萬民之力而反爲殘賊是爲虎傅翼曷爲弗除夫畜池魚者必去猵獺養禽獸者必去豺狼又况治人乎故霸王之兵以論慮之以策圖

之以義扶之非以亡存也將以存亡也故聞敵國之君有加虐於民者則舉兵而臨其境責之以不義刺之以過行兵至其郊乃令軍師曰毋伐樹木毋抉墳墓毋爇五穀毋焚積聚毋捕民虜毋收六畜乃發號施令曰其國之君傲天侮鬼决獄不辜殺戮無罪此天之所以誅民之所以仇也兵之來也以廢不義而復有德也有逆天之道帥民之賊者身死族滅以家聽者祿以家以里聽者賞以里以鄉聽者封以鄉以縣聽者侯以縣尅國不及其民廢其君而易其政尊

行師之正

上世之兵如此

以下及將與兵法

其秀士而顯其賢良振其孤寡恤其貧窮出其囹圄賞其有功百姓開門而待之淅米而儲之唯恐其不來也此湯武之所以致王而齊桓晉文之所以成霸也故君爲無道民之思兵也若旱而望雨渴而求飲夫有誰與交兵接刃乎故義兵之至也至於不戰而止晚世之兵君雖無道莫不設渠壍傅堞而守攻者非以禁暴除害也欲以侵地廣壤也是故至於伏尸流血相支以日而霸王之功不世出者自爲之故也夫爲地戰者不能成其王爲身戰者不能立其功舉

事以爲人者衆助之舉事以自爲者衆去之衆之所助雖弱必強衆之所去雖大必亡兵失道而弱得道而強將失道而拙得道而工國得道而存失道而亡所謂道者體圓而法方背陰而抱陽左柔而右剛履幽而戴明變化無常得一之原以應無方是謂神明夫圓者天也方者地也天圓而無端故不可得而觀地方而無垠故莫能窺其門天化育而無形象地生長而無計量渾渾沉沉孰知其藏凡物有朕唯道無朕所以無朕者以其無常形勢也輪轉而無窮象日

兵之道如此

月之運行若春秋有代謝若日月有晝夜終而復始明而復晦莫能得其紀制刑而無刑故功可成物物而不物故勝而不屈刑兵之極也至於無刑可謂極之矣是故大兵無創與鬼神通五兵不厲天下莫之敢當建鼓不出庫諸侯莫不慴悽沮膽其處故廟戰者帝神化者王所謂廟戰者法天道也神化者法四時也脩政於境內而遠方慕其德制勝於未戰而諸侯服其威內政治也古得道者靜而法天地動而順日月喜怒而合四時叫呼而比雷霆音氣不戾八風

詘伸不獲五度下至介鱗上及毛羽條脩葉貫萬物百族由本至末莫不有序是故入小而不偪處大而不窕浸乎金石潤乎草木宇中六合振毫之末莫不順比道之浸洽溥淖纖微無所不在是以勝權多也夫射儀度不得則格的不中驥一節不用而千里不至夫戰而不勝者非鼓之日也素行無刑久矣故得道之兵車不發軔騎不被鞍鼓不振塵旗不解卷甲不離矢刃不嘗血朝不易位賈不去肆農不離野招義而責之大國必朝小城必下因民之欲乘民之力

而爲之去殘除賊也故同利相死同情相成同欲相助順道而動天下爲嚮因民而慮天下爲鬬獵者逐禽車馳人趨各盡其力無刑罰之威而相爲斥闉要遮者同所利也同舟而濟於江卒遇風波百族之子捷捽招杼船若左右手不以相德其憂同也故明王之用兵也爲天下除害而與萬民共享其利民之爲用猶子之爲父弟之爲兄威之所加若崩山決塘敵孰敢當故善用兵者用其自爲用也不能用兵者用其爲已用也用其自爲用則天下莫不可用也用其爲已用所得者鮮矣

極論兵之有道至此

兵有三詆治國家理境內行仁義布德惠立正法塞邪隧羣臣親附百姓和輯上下一心君臣同力諸侯服其威而四方懷其德脩政廟堂之上而折衝千里之外拱揖指撝而天下響應此用兵之上也

以下指其實

地廣民衆主賢將忠國富兵强約束信號令明兩軍相當鼓錞相望未至兵交接刃而敵人奔亡此用兵之次也知土地之宜習險隘之利明奇正之變察行陳解贖之數維枹綰而鼓之白刃合流矢接涉血屬腸輿死扶傷流血千里暴骸盈場乃以

五官者將之佐非勝之本

兵之必勝在人

決勝此用兵之下也今夫天下皆知事治其末而莫知務脩其本釋其根而樹其枝也夫兵之所以佐勝者衆而所以必勝者寡甲堅兵利車固馬良畜積給足士卒殷軫此軍之大資也而勝亡焉明於星辰日月之運刑德奇賌之數背鄉左右之便此戰之助也而全亡焉良將之所以必勝者恒有不原之智不道之道難以衆同也夫論除謹動靜時吏卒辨兵甲治正行五連什伯明鼓旗此尉之官也前後知險易見敵知難易發斥不忘遺此候之官也隧路亟行輜治

賦丈均處軍輯井竈通此司空之官也收藏於後遷舍不離無淫輿無遺輜此輿之官也凡此五官之於將也猶身之有股肱手足也必擇其人技能其才使官勝其任人能其事告之以政申之以令使之若虎豹之有爪牙飛鳥之有六翮莫不爲用然皆佐勝之具也非所以必勝也兵之勝敗本在於政政勝其民下附其上則兵强矣民勝其政下畔其上則兵弱矣故德義足以懷天下之民事業足以當天下之急選舉足以得賢士之心謀慮足以知强弱之勢此必勝

秦楚失道故兵雖强而亡

之本也地廣人衆不足以爲强堅甲利兵不足以爲勝高城深池不足以爲固嚴令繁刑不足以爲威爲存政者雖小必存爲亡政者雖大必亡昔者楚人地南卷沅湘北繞潁泗西包巴蜀東裹郯淮潁汝以爲洫江漢以爲池垣之以鄧林緜之以方城山高尋雲谿肆無景地利形便卒民勇敢蛟革犀兕以爲甲冑脩鍛短鏦齊爲前行積弩陪後錯車衛旁疾如錐矢合如雷電解如風雨然而兵殆於垂沙衆破於栢舉楚國之强大地計衆中分天下然懷王北畏孟嘗君背社稷之守而委身强秦兵挫地削身死不還二世皇帝勢爲天子冨有天下人迹所至舟檝所通莫不爲郡縣然縱耳目之欲窮侈靡之變不顧百姓之饑寒窮匱也興萬乘之駕而作阿房之宫發閭左之戍收太半之賦百姓之隨逮肆刑挽輅首路死者一旦不知千萬之數天下敖然若焦熱傾然若苦烈上下不相寧吏民不相憀戍卒陳勝興於大澤攘臂袒右稱爲大楚而天下響應當此之時非有牢甲利兵勁弩强衝也伐棘棗而爲矜周錐鑿而爲刃剡摲筡奮

聖王得道故有天下

儋钁以當脩戟强弩攻城略地莫不降下天下爲之麋沸蟻動雲徹席卷方數千里勢位至賤而器械甚不利然一人唱而天下應之者積怨在於民也武王伐紂東面而迎歲至汜而水至共頭而墜彗星出而授殷人其柄當戰之時十日亂於上風雨擊於中然而前無蹈難之賞而後無遁北之刑白刃不畢拔而天下得矣是故善守者無與御而善戰者無與鬭明於禁舍開塞之道乘時勢因民欲而取天下故善爲政者積其德善用兵者畜其怒德積而民可用怒畜

又指出勝與不勝者以見本末

而威可立也故文之所以加者淺則勢之所勝者小德之所施者博則威之所制者廣威之所制者廣則我强而敵弱矣故善用兵者先弱敵而後戰者也故費不半而功自倍也湯之地方七十里而王者脩德也智伯有千里之地而亡者窮武也故千乘之國行文德者王萬乘之國好用兵者亡故全兵先勝而後戰敗兵先戰而後求勝德均則衆者勝力敵則智者勝愚者侔則有數者禽無數凡用兵者必先自廟戰主孰賢將孰能民孰附國孰治蓄積孰多士卒孰精

此勝之本

此又轉言勝在於道

以下論將

此段即前所云道之無朕

甲兵孰利器備孰便故運籌於廟堂之上而決勝千里之外矣夫有形埒者天下訟見之有篇籍者世人傳學之此皆以形相勝者也善形者弗法也所貴道者貴其無形也無形則不可制迫也不可度量也不可巧詐也不可規慮也智見者人爲之謀形見者人爲之功衆見者人爲之伏器見者人爲之備動詐周還倨句詘伸可巧詐者皆非善者也善者之動也神出而鬼行星燿而玄逐進退詘伸不見朕塈鸞舉麟振鳳飛龍騰發如秋風疾如駭龍當以生擊死以盛

乘衰以疾掩遲以飽制饑若以水滅火若以湯沃雪何往而不遂何之而不用達在中虛神在外漠志運於無形出於不意與飄飄往與忽忽來莫知其所之與條出與間入莫知其所集卒如雷霆疾如風雨若從地出若從天下獨出獨入莫能應圉疾如鏃矢何可勝偶一晦一明孰知其端緒未見其發固已至矣故善用兵者見敵之虛乘而勿假也追而勿舍也迫而勿去也擊其猶猶陵其與與疾雷不及塞耳疾霆不暇掩目善用兵若聲之與響若鏜之與鞈眯不給

論將與民卒當一心亦兵之道也

撫呼不給吸當此之時仰不見天俯不見地手不麾戈兵不盡拔擊之若雷薄之若風炎之若火陵之若波敵之靜不知其所守動不知其所爲故鼓鳴旗麾當者莫不廢滯崩阤天下孰敢厲威抗節而當其前者故淩人者勝待人者敗爲人杓者死兵靜則固專一則威分決則勇心疑則北力分則弱故能分人之兵疑人之心則錙銖有餘不能分人之兵疑人之心則數倍不足故紂之卒百萬之心武王之卒三千人皆專而一故千人同心則得千人力萬人異心則無

一人之用將卒吏民動靜如身乃可以應敵合戰故計定而發分決而動將無疑謀卒無二心動無墮容口無虛言事無嘗試應敵必敏發動必亟故將以民爲體而民以將爲心心誠則支體親力心疑則支體撓北心不專一則體不節動將不誠心則卒不勇敢故良將之卒若虎之牙若兕之角若鳥之羽若蚈之足可以行可以舉可以噬可以觸強而不相敗衆而不相害一心以使之也故民誠從其令雖少無畏民不從令雖衆爲寡故下不親上其心不用卒不畏將

以下又悉其詳

其形不戰守有必固而攻有必勝不待交兵接刃而存亡之機固以形矣兵有三勢有二權有氣勢有地勢有因勢將充勇而輕敵卒果敢而樂戰三軍之衆百萬之師志厲青雲氣如飄風聲如雷霆誠積踰而威加敵人此謂氣勢硤路津關大山名塞龍蛇蟠却笠居羊腸道發笱門一人守隘而千人弗敢過也此謂地勢因其勞倦怠亂饑渴凍暍推其摿捨擠其揭揭此謂因勢善用間諜審錯規慮設蔚施伏隱匿其形出於不意敵人之兵無所適備此謂知權陳卒正

得權勢者必勝

前行選進退俱什伍搏前後不相撚左右不相干受刃者少傷敵者衆此謂事權權勢必形吏卒專精選良用才官得其人計定謀決明於死生舉錯得失莫不振驚故攻不待衝隆雲梯而城拔戰不至交兵接刃而敵破明於必勝之攻也故兵不必勝不苟接刃攻不必取不爲苟發故勝定而後戰鈐縣而後動故衆聚而不虛散兵出而不徒歸唯無一動動則凌天振地抗泰山蕩四海鬼神移徙鳥獸驚駭如此則野無校兵國無守城矣靜以合躁治以持亂無形而制

應前無形又言之

有形無爲而應變雖未能得勝於敵敵不可得勝之道也敵先我動則是見其形也彼躁我靜則是罷其力也形見則勝可制也力罷則威可立也視其所爲因與之化觀其邪正以制其命餌之以所欲以罷其足彼若有間急填其隙極其變而束之盡其節而仆之敵若反靜爲之出奇彼不吾應獨盡其調若動而應有見所爲彼持後節與之推移彼有所積必有所虧精若轉左陷其右陂敵潰而走後必可移敵迫而不動名之曰奄遲擊之如雷霆斬之若草木燿之若

火電欲疾以遬人不及步銷車不及轉轂兵如植木弩如羊角人雖衆多勢莫敢格諸有象者莫不可勝也諸有形者莫不可應也是以聖人藏形於無而遊心於虛風雨可障蔽而寒暑不可開閉以其無形故也夫能滑淖精微貫金石窮至遠放乎九天之上蟠乎黃盧之下唯無形者也善用兵者當擊其亂不攻其治是不襲堂堂之寇不擊填填之旗容未可見以數相持彼有死形因而制之敵人執數動則就陰以虛應實必爲之禽虎豹不動不入陷阱麋鹿不動不

靜制動即逸待勞意

離罝罘飛鳥不動不絓網羅魚鼈不動不擐脣喙物未有不以動而制者也是故聖人貴靜靜則能應躁後則能應先數則能勝疏博則能禽缺故良將之用卒也同其心一其力勇者不得獨進怯者不得獨退止如丘山發如風雨所凌必破靡不毀沮動如一體莫之應圉是故傷敵者衆而手戰者寡矣夫五指之更彈不若捲手之一挃萬人之更進不如百人之俱至也今夫虎豹便捷熊羆多力然而人食其肉而席其革者不能通其知而壹其力也夫水勢勝火章華

兵不在衆寡只在一心力

總歸於道方可制勝

之臺燒以升勺沃而救之雖涸井而竭池無奈之何也舉壺榼盆盎而以灌之其滅可立而待也今人之與人非有水火之勝也而欲以少耦衆不能成其功亦明矣兵家或言曰少可以耦衆此言所將非言所戰也或將衆而用寡者勢不齊也將寡而用衆者用力諧也若乃人盡其才悉用其力以少勝衆者自古及今未嘗聞也神莫貴於天勢莫便於地動莫急於時用莫利於人凡此四者兵之幹植也然必待道而後行可一用也夫地利勝天時巧舉勝地利勢勝人

此亦即無形之意反覆極論

機與勢亦無形

故任天者可迷也任地者可束也任時者可迫也任人者可惑也夫仁勇信廉人之美才也然勇者可誘也仁者可奪也信者易欺也廉者易謀也將衆者有一見焉則爲人禽矣由此觀之則兵以道理制勝而不以人才之賢亦自明矣是故爲麋鹿者則可以罝罘設也爲魚鼈者則可以網罟取也爲鴻鵠者則可以矰繳加也唯無形者無可奈也是故聖人藏於無原故其情不可得而觀運於無形故其陳不可得而經無法無儀來而爲之宜無名無狀變而爲之象深哉睭睭遠哉悠悠且冬且夏且春且秋上窮至高之末下測至深之底變化消息無所凝滯建心乎窈冥之野而藏志乎九旋之淵雖有明目孰能窺其情兵之所隱議者天道也所圖畫者地形也所明言者人事也所以決勝者鈐勢也故上將之用兵也上得而道下得地利中得人心乃行之以機發之以勢是以無破軍敗兵及至中將上不知天道下不知地利專用人與勢雖未必能萬全勝鈐必多矣下將之用兵也博聞而自亂多知而自疑居則恐懼發則猶豫是

以動爲人禽矣今使兩人接刃巧拙不異而勇士必勝者何也其行之誠也夫以巨斧擊桐薪不待利時良日而後破之加巨斧於桐薪之上而無人力之奉雖順招搖挾刑德而弗能破者以其無勢也故水激則悍矢激則遠夫栝淇衛箘簵載以銀錫雖有薄縞之幨腐荷之矰然猶不能獨射也假之筋角之力弓弩之勢則貫兕甲而徑於革盾矣夫風之疾至於飛屋折木虛舉之下大遲自上高丘人之有所推也是故善用兵者勢如決積水於千仞之隄若轉員石於

萬丈之谿天下見吾兵之必用也則孰敢與我戰者故百人之必死也賢於萬人之必北也況以三軍之衆赴水火而不還踵乎雖誂合刃於天下誰敢在於上者所謂天數者左青龍右白虎前朱雀後玄武所謂地利者後生而前死左牡而右牝所謂人事者慶賞信而刑罰必動靜時舉錯疾此世傳之所以爲儀表者固也然而非所以生儀表者因時而變化者也是故處於堂上之陰而知日月之次序見瓶中之氷而知天下之寒暑夫物之所以相形者微唯聖人達

如此然後可將兵

點出剛柔強弱彼此使人不可測度亦前無形之意

其至故鼓不與於五音而爲五音主水不與於五味而爲五味調將軍不與於五官之事而爲五官督故能調五音者不與五音者也能調五味者不與五味者也能治五官之事者不可揆度者也是故將軍之心滔滔如春曠曠如夏湫漻如秋典凝如冬因形而與之化隨時而與之移夫景不爲曲物直響不爲清音濁觀彼之所以來各以其勝應之是故扶義而動推理而行掩節而斷割因資而成功使彼知吾所出而不知吾所入知吾所舉而不知吾所集始如狐狸

彼故輕來合如兕虎敵故奔走夫飛鳥之摯也俛其首猛獸之攫也匿其爪虎豹不外其爪而噬不見齒故用兵之道示之以柔而迎之以剛示之以弱而乘之以強爲之以歙而應之以張將欲西而示之以東先忤而後合前冥而後明若鬼之無迹若水之無創故所鄉非所之也所見非所謀也舉措動靜莫能識也若雷之擊不可爲備所用不復故勝可百全與玄明通莫知其門是謂至神兵之所以強者民也民之所以必死者義也義之所以能行者威也是故合之

此文見將以道爲本

以文齊之以武是謂必取威儀並行是謂至强夫人之所樂者生也而所憎者死也然而高城深池矢石若雨平原廣澤白刃交接而卒爭先合者彼非輕死而樂傷也爲其賞信而罰明也是故上視下如子則下視上如父上視下如弟則下視上如兄上視下如子則必王四海下視上如父則必正天下上親下如弟則不難爲之死下事上如兄則不難爲之亡是故父子兄弟之寇不可與鬭者積恩先施也故四馬不調造父不能以致遠弓矢不調羿不能以必中君臣

乖心則孫子不能以應敵是故內脩其政以積其德外塞其醜以服其威察其勞佚以知其飽饑故戰日有期視死若歸故將必與卒同甘苦俟饑寒故其死可得而盡也故古之善將者必以其身先之暑不張蓋寒不被裘所以程寒暑也險隘不乘上陵必下所以齊勞佚也軍食熟然後敢食軍井通然後敢飲所以同饑渴也合戰必立矢射之所及以共安危也故良將之用兵也常以積德擊積怨以積愛擊積憎何故而不勝主之所求於民者二求民爲之勞也欲民

爲之死也民之所望於主者三饑者能食之勞者能息之有功者能德之民以償其二積而上失其三望國雖大人雖衆兵猶且弱也若苦者必得其樂勞者必得其利斬首之功必全死事之後必賞四者既信於民矣主雖射雲中之鳥而釣深淵之魚彈琴瑟聲鍾竽敦六博投高壺兵猶且强令猶且行也是故上足仰則下可用也德足慕則威可立也將者必有三隧四義五行十守所謂三隧者上知天道下習地形中察人情所謂四義者便國不負兵爲主不顧身見

難不畏死決疑不辟罪所謂五行者柔而不可卷也剛而不可折也仁而不可犯也信而不可欺也勇而不可凌也所謂十守者神清而不可濁也謀遠而不可慕也操固而不可遷也知明而不可蔽也不貪於貨不淫於物不嗌於辯不推於方不可喜也不可怒也是謂至於窈窈冥冥孰知其情發必中詮言必合數動必順時解必中揍通動靜之機明開塞之節審舉措之利害若合符節疾如彍弩勢如發矢一龍一蛇動無常體莫見其所中莫知其所窮攻則不可守

守則不可攻蓋聞善用兵者必先脩諸己而後求諸人先爲不可勝而後求勝脩己於人求勝於敵己未能治也而攻人之亂是猶以火救火以水應水也何所能制今使陶人化而爲埴則不能成盆盎工女化而爲絲則不能織文錦同莫足以相治也故以異爲奇兩爵相與鬬未有死者也鸇鷹至則爲之解以其異類也故靜爲躁奇治爲亂奇飽爲饑奇佚爲勞奇奇正之相應若水火金木之代爲雌雄也善用兵者持五殺以應故能全其勝拙者處五死以貪故動而

爲人擒兵貴謀之不測也形之隱匿也出於不意不可以設備也謀見則窮形見則制故善用兵者上隱之天下隱之地中隱之人隱之天者無不制也何謂隱之天大寒甚暑疾風暴雨大霧冥晦因此而爲變者也何謂隱之地山陵丘阜林叢險阻可以伏匿而不見形者也何謂隱之人蔽之於前望之於後出奇行陳之間發如雷霆疾如風雨擫巨旗止鳴鼓而出入無形莫知其端緒者也故前後正齊四方如繩出入解續不相越淩翼輕邊利或前或後離合散聚不

前所指者皆不可無但非兵之貴貴於道之無形耳應前是謂至神

失行伍此善脩行陳者也明於奇正賌陰陽刑德五行望氣候星龜策機祥此善爲天道者也設規慮施蔚伏見用水火出珍怪鼓譟軍所以營其耳也曳梢肆柴揚塵起堨所以營其目者此善爲詐佯者也錞鉞牢重固植而難恐勢利不能誘死亡不能動此善爲充榦者也剽疾輕悍勇敢輕敵疾若滅沒此善用輕出奇者也相地形處次舍治壁壘審煙斥居高陵舍出處此善爲地形者也因其饑渴凍暍勞倦怠亂恐懼窘步乘之以選卒擊之以宵夜此善因時應變

者也易則用車險則用騎涉水多弓隘則用弩晝則多旌夜則多火晦冥多鼓此善爲設施者也凡此八者不可一無也然而非兵之貴者也夫將者必獨見獨知獨見者見人所不見也獨知者知人所不知也見人所不見謂之明知人所不知謂之神神明者先勝者也先勝者守不可攻戰不可勝攻不可守虛實是也上下有隙將吏不相得所持不直卒心積不服所謂虛也主明將良上下同心氣意俱起所謂實也若以水投火所當者陷所薄者移牢柔不相通而勝相

所謂不求人而求諸己也

見君命將受命之道

奇者虛實之謂也故善戰者不在少善守者不在小勝在得威敗在失氣夫實則鬬虛則走盛則強衰則北吳王夫差地方二千里帶甲七十萬南與越戰棲之會稽北與齊戰破之艾陵西遇晋公擒之黄池此用民氣之實也其後驕溢縱欲拒諫喜諛憢悍遂過不可正諭大臣怨懟百姓不附越王選卒三千人擒之干隧因制其虛也夫氣之有虛實也若明之必晦也故勝兵者非常實也敗兵者非常虛也善者能實其民氣以待人之虛也不能者虛其民氣以待人之

實也故虛實之氣兵之貴者也凡國有難君自宮召將詔之曰社稷之命在將軍即今國有難願請子將而應之將軍受命乃令祝史太卜齋宿三日之太廟鑽靈龜卜吉日以受鼓旗君入廟門西面而立將入廟門趍至堂下北面而立主親操鉞持頭授將軍其柄曰從此上至天者將軍制之復操斧持頭授將軍其柄曰從此下至淵者將軍制之將已受斧鉞答曰國不可從外治也軍不可從中御也二心不可以事君疑志不可以應敵臣既以受制於前矣鼓旗斧鉞

又見兵之當慎不可妄加

之威臣無還請願君亦以垂一言之命於臣也君若不許臣不敢將君若許之臣辭而行乃爪鬋設明衣也鑿凶門而出乘將軍車載旌旗斧鉞累若不勝其臨敵決戰不顧必死無有二心是故無天於上無地於下無敵於前無主於後進不求名退不避罪唯民是保利合於主國之實也上將之道也如此則智者爲之慮勇者爲之鬭氣厲青雲疾如馳騖是故兵未交接而敵人恐懼若戰勝敵奔畢受功賞吏遷官益爵祿割地而爲調決於封外卒論斷軍中顧反於國

放旗以入斧鉞報畢於君曰軍無後治乃縞素辟舍請罪於君君曰赦之退齊服大勝三年反舍中勝二年下勝期年兵之所加者必無道之國也故能戰勝而不報取地而不反民不疾疫將不夭死五穀豐昌風雨時節戰勝於外福生於內是故名必成而後無餘害矣

山止有常物亦生爲人止於道而無爲如山之有常亦無乎不爲矣中間轉折博喻無非要人專一於道

耳魄可見魂不可見人知魄之運動而不知魂之能爲要之總歸於

無耳於道亦然惟見小故不知大道

專一者感無不通未有專一於無爲而不能有爲者下面引喻多端要不外此

淮南鴻烈解卷十六

說山訓

魄問於魂曰道何以爲體曰以無有爲體魄曰無有有形乎魂曰無有何得而聞也魂曰吾直有所遇之耳視之無形聽之無聲謂之幽冥幽冥者所以喻道而非道也魄曰吾聞得之矣乃內視而自反也魂曰凡得道者形不可得而見名不可得而揚今汝已有形名矣何道之所能乎魄曰言者獨何爲者吾將反吾宗矣魄反顧魂忽然不見反而自存亦以淪於無

形矣人不小學不大迷不小慧不大愚人莫鑑於沬雨而鑑於澄水者以其休止不蕩也詹公之釣千歲之鯉不能避曾子攀柩車引輴者爲之止也老母行歌而動申喜精之至也瓠巴鼓瑟而淫魚出聽百牙鼓琴駟馬仰秣介子歌龍蛇而文君垂泣故玉在山而草木潤淵生珠而岸不枯螾無筋骨之強爪牙之利上食晞堁下飲黃泉用心一也清之爲明杯水見牟子濁之爲闇河水不見太山視日者眩聽雷者聾人無爲則治有爲則傷無爲而治者載無也爲者不

有念慮不可強止亦不可兩者俱忘即無為至德也非聖人不能故以聖人承之

能於此而不能於彼皆非至德人之入道所得不同亦猶是也

造化亦專一不能兩用

能有也不能無為者不能有為也人無言而神有言者則傷無言而神者載無有言則傷其神之神者鼻之所以息耳之所以聽終以其無用者為用矣物莫不因其所有而用其所無以為不信視籟與竽念慮者不得卧止念慮則有為其所止矣兩者俱亡則至德純矣聖人終身言治所用者非其言也用所以言也歌者有詩然使人善之者非其詩也鸚鵡能言而不可使長是何則得其所言而不得其所以言故循迹者非能生迹者也神蛇能斷而復續而不能使人

勿斷也神龜能見夢元王而不能自出漁者之籠四方皆道之門戶牖嚮也在所從闚之故釣可以教騎騎可以教御御可以教刺舟越人學遠射參天而發適在五步之內不易儀也世已變矣而守其故譬猶越人之射也月望日奪其光陰不可以乘陽也日出星不見不能與之爭光也故末不可以強於本指不可以大於臂下輕上重其覆必易一淵不兩鮫水定則清正動則失平故惟不動則所以無不動也江河所以能長百谷者能下之也夫惟能下之是以能上

物理亦然

此爲至德人當寶之

無爲者人性也

之天下莫相憎於膠漆而莫相愛於冰炭膠漆相賊冰炭相息也牆之壞愈其立也冰之泮愈其凝也以其反宗泰山之容巍巍然高去之千里不見埵堁遠之故也秋毫之末淪於不測是故小不可以爲內者大不可以爲外矣蘭生幽谷不爲莫服而不芳舟在江海不爲莫乘而不浮君子行義不爲莫知而止休夫玉潤澤而有光其聲舒揚渙乎其有似也無內無外不匿瑕穢近之而濡望之而隧夫照鏡見眸子微察秋毫明照晦冥故和氏之璧隨侯之珠出於山淵

之精君子服之順祥以安寧侯王寶之爲天下正陳成子恒之刦子淵捷也子罕之辭其所不欲而得其所欲孔子之見黏蟬者白公勝之倒杖策也衛姬之論罪於桓公子見子夏曰何肥也魏文侯見之反被裘而負芻也兒說之爲宋王解閉結也此皆微眇可以觀論者人有嫁其子而教之曰爾行矣慎無爲善曰不爲善將爲不善邪應之曰善且由弗爲況不善乎此全其天器者拘囹圄者以日爲脩當死市者以日爲短日之脩短有度也有所在而短有所在而脩

中不平與心無累者相去何如可以見道矣

無患者由無為而有治也

專一之道顯然透出

也則中不平也故以不平為平者其平不平也嫁女於病消者夫死則後難復處也故沮舍之下不可以坐倚墻之傍不可以立執獄牢者無病罪當死者肥澤刑者多壽心無累也良醫者常治無病之病故無病聖人者常治無患之患故無患也夫至巧不用劒善閉者不用關楗淳于髡之告失火者此其類以清入濁必困辱以濁入清必覆傾君子之於善也猶采薪者見一芥掇之見青葱則拔之天二氣則成虹地二氣則泄藏人二氣則成病陰陽不能且冬且夏月

不知晝日不知夜善射者發不失的善於射矣而不善所射善釣者無所失善於釣矣而不善所釣故有所善則不善矣鍾之與磬也近之則鍾音充遠之則磬音章物固有近不若遠遠不如近者今日稻生於水而不能生於湍瀨之流紫芝生於山而不能生於盤石之上慈石能引鐵及其於銅則不行也水廣者魚大山高者木脩廣其地而薄其德譬猶陶人為器也揲挻其土而不益厚破乃愈疾聖人不先風吹不先雷毀不得已而動故無累月盛衰於上則羸蠬應

如此可以全　天照

於下同氣相動不可以爲遠執彈而招鳥揮棁而呼狗欲致之顧反走故魚不可以無餌釣也獸不可以虛器召也剝牛皮鞟以爲鼓正三軍之衆然爲牛計者不若服於軛也狐白之裘天子被之而坐廟堂然爲狐計者不若走於澤亡羊而得牛則莫不利失也斷指而免頭則莫不利爲也故人之情於利之中則爭取大焉於害之中則爭取小焉將軍不敢騎白馬亡者不敢夜揭炬保者不敢畜噬狗鷄知將旦鶴知夜半而不免於鼎俎山有猛獸林木爲之不斬園有

螫蟲藜藿爲之不采爲儒而踞里閭爲墨而朝吹竽欲滅迹而走雪中拯溺者而欲無濡是非所行而行所非今夫闇飲者非嘗不遺飲也使之自以平則雖愚無失矣是故不同於和而可以成事者天下無之矣求美則不得美不求美則美矣求醜則不得醜求不醜則有醜矣不求美又不求醜則無美無醜矣是謂玄同申徒狄負石自沉於淵而溺者不可以爲抗弦高誕而存鄭誕者不可以爲常事有一應而不可循行人有多言者猶百舌之聲人有少言者猶不脂

辨其同異則知無爲之異於有爲矣

之戶也六畜生多耳目者不詳讖書著之百人抗浮不若一人挈而趨物固有衆而不若少者引車者二六而後之事固有相待而成者兩人俱溺不能相拯一人處陸則可矣故同不可相治必待異而後成千年之松下有茯苓上有兎絲上有叢蓍下有伏龜聖人從外知內以見知隱也喜武非俠也喜文非儒也好方非醫也好馬非騶也知音非瞽也知味非庖也此有一槩而未得主名也被甲者非爲十步之內也百步之外則爭深淺深則達五藏淺則至膚而止矣

死生相去不可爲道里楚王亡其猨而林木爲之殘宋君亡其珠池中魚爲之殫故澤失火而林憂上求材臣殘木上求魚臣乾谷上求楫而下致船上言若絲下言若綸上有一善下有二譽上有三衰下有九殺大夫種知所以强越而不知所以存身萇弘知周之所存而不知身所以亡知遠而不知近畏馬之辟也不敢騎懼車之覆也不敢乘是以虛禍距公利也不孝弟者或詈父母生子者所不能任其必孝也然猶養而長之范氏之敗有竊其鐘負而走者鎗然有

彼以道德爲大仁義爲小分而二之故有此論

求道者亦然入之有漸故有先後上下之序

不豫者廢人莫能救之

聲懼人聞之遽掩其耳憎人聞之可也自掩其耳悖矣升之不能大於石也升在石之中夜之不能脩其歲也夜在歲之中仁義之不能大於道德也仁義在道德之包先針而後縷可以成帷先縷而後針不可以成衣針成幕蔂成城事之成敗必由小生言有漸也染者先青而後黑則可先黑而後青則不可工人下漆而上丹則可下丹而上漆則不可萬事由此所先後上下不可不審水濁而魚噞形勞則神亂故國有賢君折衝萬里因媒而嫁而不因媒而成因人而

交不因人而親行合趨同千里相從趨不合行不同對門不通海水雖大不受胔芥日月不應非其氣君子不容非其類也人不愛倕之手而愛己之指不愛江漢之珠而愛己之鉤以束薪爲鬼以火煙爲氣以束薪爲鬼朅而走以火煙爲氣殺豚烹狗先事如此不如其後巧者善度知者善豫羿死桃部不給射慶忌死劒鋒不給搏滅非者戶告之曰我實不與我諛亂謗乃愈起止言以言止事以事譬猶揚堁而弭塵抱薪而救火流言雪汙譬猶以涅拭素也矢之於十

大道在無爲而無乎不爲

因小而害大

如此何能至道

步貫兕甲於三百步不能入魯縞騏驥一日千里其出致釋駕而僵大家攻小家則爲暴大國并小國則爲賢小馬非大馬之類也小知非大知之類也被羊裘而賃固其事也貂裘而負籠甚可怪也以絜白爲汚辱譬猶沐浴而抒溷薰燧而負彘治疽不擇善惡醜肉而并割之農夫不察苗莠而并耘之豈不虛哉壞塘以取龜發屋而求狸掘室而求鼠割唇而治齲桀跖之徒君子不與殺戎馬而求狐狸援兩鼈而失靈龜斷右臂而爭一毛折鏌邪而爭錐刀用智如此

豈足高乎寧百刺以針無一刺以刀寧一引重無久持輕寧一月饑無一旬餓萬人之蹪愈於一人之隧有譽人之力儉者春至旦不中員呈猶謫之察之乃其母也故小人之譽人反爲損東家母死其子哭之不哀西家子見之歸謂其母曰社何愛速死吾必悲哭社夫欲其母之死者雖死亦不能悲哭矣謂學不暇者雖暇亦不能學矣見窾木浮而知爲舟見飛蓬轉而知爲車見鳥迹而知著書以類取之以非義爲義以非禮爲禮譬猶倮走而追狂人盜財而予乞者

人不可安於小忽於大

又道本旨

人必至於止而後能有爲聖人用之無不得

竊簡而寫法律蹲踞而誦詩書割而舍之鏌邪不斷肉執而不釋馬氂截玉聖人無止無以歲賢昔日愈昨也馬之似鹿者千金天下無千金之鹿玉待礛諸而成器有千金之璧而無錙錘之礛諸受光於隙照一隅受光於牖照北壁受光於戶照室中無遺物況受光於宇宙乎天下莫不藉明於其前矣由此觀之所受者小則所見者淺所受者大則所照者博江出岷山河出崑崙濟出王屋潁出少室漢出嶓冢分流舛馳注於東海所行則異所歸者一通於學者若車

軸轉轂之中不運於已與之致千里終而復始轉無窮之源不通於學者若迷惑告之以東西南北所居聆聆背而不得不知凡要寒不能生寒熱不能生熱不寒不熱能生寒熱故有形出於無形未有天地能生天地者也至深微廣大矣雨之集無能霑待其止而能有濡矢之發無能貫待其止而能有穿唯止能止衆止因高而爲臺就下而爲池各就其勢不敢更爲聖人用物若用朱絲約芻狗若爲土龍以求雨芻狗待之而求福土龍待之而得食魯人身善制冠妻

所求非所用
終無所用之

善織履往徙於越而大困窮以其所脩而遊不用之
鄉譬若樹荷山上而畜火井中操釣上山揭斧入淵
欲得所求難也方車而蹠越乘桴而入胡欲無窮不
可也楚王有白蝯王自射之則搏矢而熙使養由基
射之始調弓矯矢未發而蝯擁柱號矣有先中中者
也咼氏之璧夏后之璜揖讓而進之以合歡夜以投
人則爲怨時與不時畫西施之面美而不可說規孟
賁之目大而不可畏君形者亡焉人有昆弟相分者
無量而衆稱義焉夫唯無量故不可得而量也登高

使人欲望臨深使人欲闚處使然也射者使人端釣
者使人恭事使然也曰殺罷牛可以贖良馬之死莫
之爲也殺牛必亡之數以必亡贖不必死未能行之
者矣季孫氏劫公家孔子說之先順其所爲而後與
之入政曰舉枉與直如何不得舉直與枉勿與遂往
此所謂同汙而異塗者衆曲不容直衆枉不容正故
人衆則食狼狼衆則食人欲爲邪者必相明正欲爲
曲者必相達直公道不立私欲得容者自古及今未
嘗聞也此以善託其醜衆議成林無翼而飛三人成

以善託醜有
益尚可爲

外拘於小信當知自反

志定於一此

察微知著即始見終故豫於道

不以時至而爲道

市虎一里撓椎夫游沒者不求沐浴已自足其中矣
故食草之獸不疾易藪水居之蟲不疾易水行小變
而不失常信有非禮而失禮尾生死其梁柱之下此
信之非也孔氏不喪出母此禮之失者曾子立孝不
過勝母之閭墨子非樂不入朝歌之邑曾子立廉不
飲盜泉所謂養志者也紂爲象箸而箕子唏魯以偶
人葬而孔子嘆故聖人見霜而知冰有鳥將來張羅
而待之得鳥者羅之一目也今爲一目之羅則無時
得鳥矣今被甲者以備矢之至若使人必知所集則

懸一札而已矣事或不可前規物或不可慮卒然不
戒而至故聖人畜道以待時髡屯犁牛既科以犄決
鼻而羈生子而犧尸祝齊戒以沉諸河河伯豈羞其
所從出辭而不享哉得萬人之兵不如聞一言之當得
隋侯之珠不若得事之所由得和氏之璧不若得事
之所適撰良馬者非以逐狐狸將以射麋鹿砥利劍
者非以斬縞衣將以斷兕犀故高山仰止景行行止
鄉者其人見彈而求鴞炙見卵而求晨夜見黂而求
成布雖其理哉亦不病暮象解其牙不憎人之利之

又見聖人能辨同異故不同於人

名實正同異之辨

也死而棄其招簣不怨人取之人能以所不利利人則可狂者東走逐者亦東走東走則同所以東走則異溺者入水拯之者亦入水入水則同所以入水者則異故聖人同死生愚人亦同死生聖人之同死生通於分理愚人之同死生不知利害所在徐偃王以仁義亡國國亡者非必仁義比干以忠靡其體被誅者非必忠也故寒顫懼者亦顫此同名而異實明月之珠出於蠬蜄周之簡圭生於垢石大蔡神龜出於溝壑萬乘之主冠錙錘之冠履百金之車牛皮爲賤

正三軍之衆欲學歌謳者必先徵羽樂風欲美和者必先始於陽阿采菱此皆學其所不學而欲至其所欲學者燿蟬者務在明其火釣魚者務在芳其餌明其火者所以燿而致之也芳其餌者所以誘而利之也欲致魚者先通水欲致鳥者先樹木水積而魚聚木茂而鳥集好弋者先具繳與矰好魚者先具罟與罛未有無其具而得其利遺人馬而解其羈遺人車而稅其轙所愛者少而所亡者多故里人諺曰烹牛而不鹽敗所爲也桀有得事堯有遺道嫫母有所美

以上至此皆見不可不辨

用之類於無用無為之可以有為亦若推與不推之類耳

未見大道小者亦足以名

西施有所醜故亡國之法有可隨者治國之俗有可非者琬琰之玉在洿泥之中雖廉者弗釋弊箄甑瓾在袾茵之上雖貪者不搏美之所在雖汚辱世不能賤惡之所在雖高隆世不能貴春貸秋賦民皆欣春賦秋貸衆皆怨得失同喜怒爲別其時異也爲魚德者非挈而入淵爲蝯賜者非負而緣木縱之其所而已貂裘而雜不若狐裘而粹故人莫惡於無常行有相馬而失馬者然良馬猶在相之中今人放燒或操火往益之或接水往救之兩者皆未有功而怨德相

去亦遠矣郢人有買屋棟者求大三圍之木而人予車轂跪而度之巨雖可而長不足蘧伯玉以德化公孫鞅以刑罪所極一也病者寢席醫之用鍼石巫之用糈藉所救鈞也貍頭愈鼠雞頭已瘻虻散積血斲木愈齲此類之推者也膏之殺鼈鵲矢中蝟爛灰生繩漆見蟹而不乾此類之不推者也推與不推若非而是若是而非孰能通其微天下無粹白狐而有粹白之裘掇之衆白也善學者若齊王之食鷄必食其蹠數十而後足刀便剃毛至伐大木非斧不尅物固

又是本旨

人各有能有不能局於器也不能者貴用其能適其宜也

爨而不可賤物固有以不用而爲有用者地平則水不流重鈞則衡不傾物之尤必有所感物固有以不用爲大用者先倮而浴則可以浴而倮則不可先祭而後饗則可先饗而後祭則不可物之先後各有所宜也祭之日而言狗生取婦夕而言衰麻置酒之日而言上冢渡江河而言陽侯之波或曰知其且赦也而多殺人或曰知其且赦也而多活人其望赦同所利害異故或吹火而然或吹火而滅所以吹者異也烹牛以饗其里而罵其東家母德不報而身見殆文

王汚膺鮑申傴背以成楚國之治裨諶出郭而知以成子産之事朱儒問徑天高於脩人脩人不知曰子雖不知猶近之於我故凡問事必於近者寇難至躄者告盲者盲者負而走兩人皆活得其所能也故使盲者語使躄者走失其所也郢人有鬻其母爲請於買者曰此母老矣幸善食之而勿苦此行大不義而欲爲小義者介蟲之動以固貞蟲之動以毒螫熊羆之動以攫搏兕牛之動以觝觸物莫措其所脩而用其短也治國者若鎒田去害苗者而已今沐者墮髮

不可因此而廢彼

而猶爲之不止以所去者少所利者多砥石不利而可以利金撖不正而可以正弓物固有不正而可以正不利而可以利力貴齊知貴捷得之同邀爲上勝之同遲爲下所以貴鏌邪者以其應物而斷割也劁靡勿釋牛車絕轔爲孔子之窮於陳蔡而廢六藝則惑爲醫之不能自治其病病而不就藥則勃矣

張賓王曰說山說林二訓殊形並採不必相貫要以泛覽寓內足橫肆其胸度耳

淮南鴻烈解卷十七

說林訓

以一世之度制治天下譬猶客之乘舟中流遺其劒遽契其舟桅暮薄而求之其不知物類亦甚矣夫隨一隅之迹而不知因天地以游惑莫大焉雖時有所合然而不足貴也譬若旱歲之土龍疾疫之芻狗是爲帝者也曹氏之裂布蛷者貴之然非夏后氏之璜無古無今無始無終未有天地而生天地至深微廣大矣足以蹍者淺矣然待所不蹍而後行智所知者

褊矣然待所不知而後明游者以足蹶以手拂不得其數愈蹶愈敗及其能游者非手足者矣鳥飛反鄉兎走歸窟狐死首丘寒將翔水各哀其所生毋貽盲者鏡毋予躄者履毋賞越人章甫非其用也椎固有柄不能自椓目見百步之外不能自見其眦狗彘不擇甂甌而食偷肥其體而顧近其死鳳凰高翔千仞之上故莫之能致月照天下蝕於詹諸騰蛇游霧而殆於蝍蛆烏力勝日而服於鵻禮能有脩短也莫壽於殤子而彭祖爲夭矣短綆不可以汲深器小不可

而強弩藏匿與驥致千里而不飛無糗糧之資而不饑失火而遇雨失火則不幸遇雨則幸也故禍中有福也鬻棺者欲民之疾病也畜粟者欲歲之荒饑也水靜則平平則清清則見物之形弗能匿也故可以爲正川竭而谷虛丘夷而淵塞脣竭而齒寒河水之深其壤在山鈞之縞也一端以爲冠一端以爲絑冠則戴致之絑則蹙履之知巳者不可誘以物明於死生者不可刼以危故善游者不可懼以涉親莫親於骨肉節族之屬連也心失其制乃反自害況疏遠乎

聖人之於道猶葵之與日也雖不能與終始哉其鄉之誠也宮池涔則溢旱則涸江水之原淵泉不能竭蓋非橑不能蔽日輪非輻不能追疾然而橑輻未足恃也金勝木者非以一刃殘林也土勝水者非以一墣塞江也躄者見虎而不走非勇勢不便也傾者易覆也倚者易軵也幾易助也濕易雨也設鼠者機動釣魚者泛杭任動者車鳴也狗能立而不能行蛇牀似麋蕪而不能芳謂許由無德烏獲無力莫不醜於色人莫不奮於其所不足以兎之走使犬如馬則

遠日歸風及其爲馬則又不能走矣冬有雷電夏有霜雪然而寒暑之勢不易小變不足以防大節黃帝生陰陽上駢生耳目桑林生臂手此女媧所以七十化也終日之言有聖之事百發之中必有羿逢蒙之巧然而世不與也其守節非也牛蹏彘顱亦骨也而世弗灼必問吉凶於龜者以其歷歲久矣近敖倉者不爲之多飯臨江河者不爲之多飲期滿腹而已蘭芝以芳未嘗見霜鼓造辟兵壽盡五月之望舌之與齒孰先礲也錞之與刃孰先弊也繩之與矢孰先直

也今鱓之與蛇蠶之與蠋狀相類而愛憎異晉以垂棘之璧得虞虢驪戎以美女亡晉國聾者不謌無以自樂盲者不觀無以接物觀射者遺其藝觀書者忘其愛意有所在則忘其所守古之所爲不可更則推車至今無蟬匷使但吹竽使氐厭竅雖中節而不可聽無其君形者也與死者同病難爲良醫與亡國同道難與爲謀爲客治飯而自藜藿名尊於實也乳狗之噬虎也伏雞之搏狸也恩之所加不量其力使景曲者形也使響濁者聲也情泄者中易測華不時者

張賓王曰喻在乎鍾充而聲音章矣

不可食也蹠越者或以舟或以車雖異路所極一也佳人不同體美人不同面而皆說於目梨橘棗栗不同味而皆調於口人有盜而富者富者未必盜有廉而貧者貧者未必廉蔐苗類絮而不可爲絮麖不類布而可以爲布出林者不得直道行險者不得履繩羿之所以射遠中微者非弓矢也造父之所以追速致遠者非轡銜也海內其所出故能大輪復其所過故能遠羊肉不慕螘螘慕於羊肉羊肉羶也醯酸不慕蚋蚋慕於醯酸嘗一臠肉而知一鑊之味懸羽與

炭而知燥濕之氣以小見大以近喻遠十頃之陂可以灌四十頃而一頃之陂可以灌四頃大小之衰然明月之光可以遠望而不可以細書甚霧之朝可以細書而不可以遠望尋常之外畫者謹毛而失貌射者儀小而遺大治鼠穴而壞里閭潰小皰而發痤疽若珠之有纇玉之有瑕置之而全去之而虧榛巢者處林茂安也窟穴者託埵防便也王子慶忌足躡麋鹿手搏兕虎置之冥室之中不能搏龜鼈勢不便也湯放其主而有榮名崔杼弑其君而被大謗所以爲

張賓王曰不見可悅使心不亂

之則同其所以爲之則異呂望使老者奮項託使嬰兒矜以類相慕使葉落者風搖之使水濁者魚撓之虎豹之文來射蝯狖之捷來乍行一棊不足以見智彈一絃不足以見悲三寸之管而無當天下弗能滿十石而有塞百斗而足矣以筩測江筩終而以水爲測惑矣漁者走淵木者走山所急者存也朝之市則走夕過市則步所求者亡也豹裘而雜不若狐裘之粹白璧有考不得爲寶言至純之難也戰兵死之鬼憎神巫盜賊之輩醜吠狗無鄉之社易爲黍肉無國

之稷易爲求福鼈無耳而目不可以瞥精於明也瞽無目而耳不可以察精於聰也遺腹子不思其父無貌於心也不夢見像無形於目也蝮蛇不可爲足虎豹不可使緣木馬不食脂桑扈不啄粟非廉也秦通崤塞而魏築城也饑馬在廄寂然無聲投芻其旁爭心乃生引弓而射非弦不能發矢弦之爲射百分之一也道德可常權不可常故遁關不可復亡犴不可再環可以喻員不可以輪條可以爲繶不必以紃日月不並出狐不二雄神龍不匹猛獸不羣鷙鳥不雙

張賓王曰紂之病也而鹿臺鉅橋人掇寶以歸矣

循繩而斲則不過懸衡而量則不差植表而望則不惑損年則嫌於弟益年則疑於兄不如循其理若其當人不見龍之飛舉而能高者風雨奉之蠹衆則木折隙大則墻壞懸垂之類有時而隧枝格之屬有時而弛當凍而不死者不失其適當暑而不暍者不亡其適未嘗適亡其適湯沐具而蟣虱相弔大廈成而燕雀相賀憂樂別也柳下惠見飴曰可以養老盜跖見飴曰可以黏牡見物同而用之異蠶食而不飲二十二日而化蟬飲而不食三十日而蛻蜉蝣不食不

飲三日而死人食礜石而死蠶食之而不饑魚食巴菽而死鼠食之而肥類不可必推厖以火成不可以得火竹以水生不可以得水揚堁而欲弭塵被裘而以翣翣豈若適衣而已哉槁竹有火弗鑽不焦土中有水弗掘無泉蠬象之病人之寶也人之病將有誰寶之者乎爲酒人之利而不酤則竭爲車人之利而不儆則不達握火提人反先之熱隣之母死往哭之妻死而不泣有所刼以然也西方之倮國鳥獸弗辟與爲一也一膊炭熯掇之則爛指萬石俱熯去之十

步而不死同氣異積大勇小勇有似於此今有六尺之廣卧而越之下材弗難植而踰之上材弗易勢施異也百梅足以爲百人酸一梅不足以爲一人和有以飾死者而禁天下之食有以車爲敗者而禁天下之乘則悖矣釣者靜之罛者扣舟罩者抑之罣者舉之爲之異得魚一也見象牙乃知其大於牛見虎尾乃知其大於貍一節見而百節知也小國不鬭於大國之間兩鹿不鬭於伏兕之旁佐祭者得嘗救鬭者得傷蔭不祥之木爲雷電所撲或謂冢或謂隴或謂

笠或謂簦頭虱與空木之瑟名同實異也日月欲明而浮雲蓋之蘭芝欲脩而秋風敗之虎有子不能搏攫者輒殺之爲墮武也龜紐之璽賢者以爲佩土壤布在田能者以爲富予拯溺者金玉不若尋常之纆索視書上有酒者下必有肉上有年者下必有月以類而取之蒙塵而眯固其理也爲其不出戶而堁之也屠者羹藿爲車者步行陶者用缺盆匠人處狹廬爲者不得用用者弗肯爲轂立三十輻各盡其力不得相害使一輻獨入衆輻皆棄豈能致千里哉夜行

張賓王曰此坡公可與悲天院乞兒伍也

者掩目而前其手涉水者解其馬載之舟事有所宜而有所不施橘柚有鄉雚葦有叢獸同足者相從遊鳥同翼者相從翔田中之潦流入於海附耳之言聞於千里也蘇秦步曰何故趨曰何趨馳有爲則議多事固苛皮將弗覩毛將何顧畏首畏尾身凡有幾欲觀九州之土足無千里之行心無政教之原而欲爲萬民之上則難的的者獲提提者射故大白若辱大德若不足未嘗稼穡粟滿倉未嘗桑蠶絲滿囊得之不以道用之必橫海不受流胔太山不上小人旁光

不升俎騶駿不入牲中夏用箑快之至冬而不知去褰衣涉水至陵而不知下未可以應變有山無林有谷無風有石無金滿堂之坐視鉤各異於環帶一也獻公之賢欺於驪姬叔孫之知欺於豎牛故鄭詹入魯春秋曰佞人來佞人來君子有酒鄙人鼓缶雖不見好亦不見醜人性便絲衣帛或射之則被鎧甲爲其所不便以得所便輻之入轂各值其鑿不得相通猶人臣各守其職不得相干嘗被甲而免射者被而入水嘗抱壺而度水者抱而蒙火可謂不知類矣君

張賓王曰里語却可愛

子之居民上若以腐索御奔馬若履薄氷蛟在其下若入林而遇乳虎善用人者若蚈之足衆而不相害若脣之與齒堅柔相摩而不相敗清醠之美始於耒耜黼黻之美在於杼軸布之新不如紵紵之弊不如布或善爲新或惡爲故靨酺在頰則好在顙則醜繡以爲裳則宜以爲冠則譏馬齒非牛蹏檀根非椅枝故見其一本而萬物知石生而堅蘭生而芳少自其質長而愈明扶之與提謝之與讓故之與先諾之與已也相去千里汙準而粉其顙腐鼠在壇燒薰於宮

入水而憎濡懷臭而求芳雖善者弗能爲工再生者不穫華大旱者不胥時落毋曰不幸甂終不墮井抽簪招燐有何爲驚使人無度河可中河使無度不可見虎一文不知其武見騏一毛不知善走水蠆爲蟌孑孑爲蟁兎齧爲螌物之所爲出於不意弗知者驚知者不怪銅英青金英黃玉英白黂燭捔膏燭澤也以微知明以外知内象肉之味不知於口鬼神之貌不著於目捕景之說不形於心冬氷可折夏木可結時難得而易失木方茂盛終日采而不知秋風下霜

一夕而殫病熱而強之餐救暍而飲之寒救經而引其索拯溺而授之石欲救之反爲惡雖欲謹亡馬不發戶轔雖欲豫就酒不懷蓐孟賁探鼠穴鼠無時死必噬其指失其勢也山雲蒸柱礎潤伏苓掘兎絲死一家失熛百家皆燒讒夫陰謀百姓暴骸粟得水濕而熱甑得火而液水中有火火中有水疾雷破石陰陽相薄湯沐之於河有益不多流潦注海雖不能益猶愈於已一目之羅不可以得鳥無餌之釣不可以得魚遇士無禮不可以得賢兎絲無根而生蛇無足

而行魚無耳而聽蟬無口而鳴有然之者也鶴壽千歲以極其游蜉蝣朝生而暮死而盡其樂紂醢梅伯文王與諸侯構之桀辜諫者湯使人哭之狂馬不觸木猘狗不自投於河雖聾蟲而不自陷又況人乎愛熊而食之鹽愛獺而飲之酒雖欲養之非其道心所說毀舟爲杕心所欲毀鍾爲鐸管子以小辱成大榮蘇秦以百誕成一誠質的張而弓矢集林木茂而斧斤入非或召之形勢所致者也待利而後拯溺人亦必以利溺人矣舟能沉能浮愚者不加足騏驥驅之

不進引之不止人君不以取道里剌我行者欲與我交訾我貨者欲與我市以水和水不可食一絃之琴不可聽駿馬以抑死直士以正窮賢者擯於朝美女擯於宮行者思於道而居者夢於牀慈母吟於巷適子懷於荆赤肉縣則烏鵲集鷹隼鷙則衆鳥散物之散聚交感以然食其食者不毀其器食其實者不折其枝塞其源者竭背其本者枯交畫不暢連環不解其解之不以解臨河而羨魚不如歸家織網明月之珠蠪之病而我之利虎爪象牙禽獸之利而我之害

易道良馬使人欲馳飲酒而樂使人欲謌是而行之故謂之斷非而行之必謂之亂矢疾不過二里也步之遲百舍不休千里可致聖人處於陰衆人處於陽聖人行於水衆人行於霜異音者不可聽以一律異形者不可合於一體農夫勞而君子養焉愚者言而智者擇焉捨茂林而集於枯不弋鵠而弋烏難與有圖寅丘無壑泉源不溥尋常之谿灌千頃之澤見之明白處之如玉石見之闇晦必留其謀以天下之大託於一人之才譬若懸千鈞之重於木之一枝負子

張賓王曰愚公之移山此其類

而登牆謂之不祥爲其一人隕而兩人傷善舉事者若乘舟而悲謌一人唱而千人和不能耕而欲黍粱不能織而喜采裳無事而求其功難矣有榮華者必有憔悴有羅紈者必有麻蒯鳥有沸波者河伯爲之不潮畏其誠也故一夫出死千乘不輕蝮蛇螫人傅以和堇則愈物故有重而害反爲利者聖人之處亂世若夏暴而待暮桑榆之間逾易忍也水雖平必有波衡雖正必有差尺寸雖齊必有詭非規矩不能定方圓非準繩不能正曲直用規矩準繩者亦有規矩

準繩焉舟覆乃見善游馬奔乃見良御嚼而無味者弗能內於喉視而無形者不能思於心兕虎在於後隋侯之珠在於前弗及掇者先避患而後就利逐鹿者不顧兎決千金之貨者不爭銖兩之價弓先調而後求勁馬先馴而後求良人先信而後求能陶人棄索車人掇之屠者棄銷而鍜者拾之所緩急異也百星之明不如一月之光十牖畢開不若一戶之明矢之於十步貫兕甲及其極不能入魯縞太山之高背而弗見秋毫之末視之可察山生金反自刻木生蠹

反自食人生事反自賊巧冶不能鑄木工匠不能斲
金者形性然也白玉不雕美珠不文質有餘也故跬
步不休跛鼈千里累積不輟可成丘阜城成於土木
直於下非有事焉所緣使然凡用人之道若以燧取
火疏之則弗得數之則弗中正在疏數之間從朝視
夕者移從枉準直者虧聖人之偶物也若以鏡視形
曲得其情楊子見逵路而哭之爲其可以南可以北
墨子見練絲而泣之爲其可以黃可以黑趨舍之相
合猶金石之一調相去千歲合一音也鳥不干防者

雖近弗射其當道雖遠弗釋酤酒而酸買肉而臭然
酤酒買肉不離屠沽之家故求物必於近之者以詐
應詐以譎應譎若披簑而救火毀瀆而止水乃愈益
多西施毛嬙狀貌不可同世稱其好美鈞也堯舜禹
湯法籍殊類得民心一也聖人者隨時而舉事因資
而立功涔則具擢對旱則脩土龍臨菑之女織紈而
思行者爲之悖戾室有美容縞爲之纂繹徵羽之操
不入鄙人之耳軫和切適舉坐而善過府而負手者
希不有盜心故傷人之鬼者過社而搖其枝晉陽處

父伐楚以救江故解捽者不在於捌格在於批伉木大者根擢山高者基扶蹠巨者志遠體大者節疏狂者傷人莫之怨也嬰兒詈老莫之疾也賊心亡尾生之信不如隨牛之誕而又况一不信者乎憂父之疾者子治之者醫進獻者祝治祭者庖

茅鹿門曰說林多勦諸家之說頗漫故無評隲